Dieses Buch gehört:

Emilia Block von
Opa Helmut und Oma
Helga

Die Schneemann-Meisterschaft

Wie schön ist doch die Vorweihnachtszeit, wenn es auch noch Schnee in Hülle und Fülle gibt! Das kleine Dorf, in dem Lilo und Stefan wohnen und zur Schule gehen, liegt tief verschneit neben einem kleinen Wald. Eines Tages hat die Lehrerin der beiden eine großartige Idee. Anstatt im Turnsaal zu spielen, veranstaltet sie einen Wettbewerb: Wer baut den schönsten Schneemann? Die Kinder jubeln und sind begeistert bei der Sache. In den Tagen vor der Meisterschaft sind Lilo und Stefan emsig bemüht, die schönsten Sachen zu suchen, mit denen sie ihren Schneemann schmücken möchten: Einen bunten Schal, einen dazu passenden Hut und eine besonders schöne Karotte als Nase. Im Schuppen bewahren sie immer einige Naturschätze in einer Schachtel auf, die sie während des ganzen Jahres sammeln: Zapfen oder Steine zum Beispiel. Und so befindet sich darin auch noch eine prächtige Vogelfeder, die nun dem Schneemann auf den Hutrand gesetzt wird. Lilo und Stefan können es gar nicht erwarten, bis der Wettbewerb anfängt. Als es endlich soweit ist, bemühen sie sich besonders. Sie möchten ja den ersten Preis gewinnen. Die Waldtiere staunen über die Kunstwerke der Kinder. Und welcher Schneemann gefällt dir am besten?

Wir basteln einen Adventskranz

Du benötigst:
einen kleinen Strohkranz
ein paar Tannenzweige
dünnen Blumendraht
4 Kerzen
bunte Schleifen

1. Nimm den Strohkranz und befestige mit Hilfe des Blumendrahtes die kleiner geschnittenen Tannenzweige rundherum.

2. Wenn du damit fertig bist, erhitzt du 4 Stk. eines ca. 8 cm langen Drahtes und steckst ihn von hinten in jede Kerze;
Achtung: Bitte dabei einen Erwachsenen um Hilfe!!

3. Jetzt steckst du die Kerzen mit dem Draht in den Kranz.

4. Wenn du willst kannst du den Adventskranz mit bunten Schleifen umwickeln.

Fertig ist dein Adventskranz!

Ein besonderer Wunschzettel

Leise fallen die dicken Schneeflocken vom weihnachtlichen Himmel. Sternenklar ist die Nacht, die schmale Mondsichel breitet ihr Licht über die schneebedeckte Landschaft. Ulli und Hans haben einen schönen Nachmittag verbracht: sie haben ein Fensterbild gebastelt, eine hübsche Krippe mit Ochs und Esel. Nun schmückt ihr Kunstwerk das Fenster ihres Zimmers. Sogar die Tiere des nahen Waldes bestaunen das gelungene Bild. Ulli und Hans haben es sich auf dem flauschigen Teppich gemütlich gemacht und überlegen nun, was sie als nächstes unternehmen könnten. Da hat Ulli eine gute Idee: „Wir schreiben unseren Wunschzettel an die Himmelswerkstatt!" Hans jubelt: „Toll, ich hole gleich Papier und Bleistift!" Während Hans alles Nötige aus dem Schreibtisch holt, bringt Ulli aus der Küche noch ein paar Kekse und frischen Kinderpunsch und dann geht es los. Ihre Haustiere schauen neugierig dabei zu was wohl in den Briefen stehen wird? Als der Engel später die Briefe abholt und durchliest, wundert er sich nicht schlecht. Als Wünsche sind nämlich zu lesen: Dass wir gesund bleiben, dass wir weniger miteinander streiten, dass wir es weiterhin schön haben zu Hause. Da ist der Engel sprachlos und schwebt andächtig zurück in den Himmel.

Ein gutes Versteck

Die Weihnachtszeit ist ja die Zeit des Schenkens. Als nun auch in diesem Jahr die beiden Geschwister Julia und Christian ihre Wunschzettel ins Fenster gelegt haben, wird Julia auf einmal nachdenklich. „Was hast du denn?“, will Christian wissen. Er kennt seine Schwester ganz genau und weiß, wann sie über etwas nachdenkt. „Ach, immer wünschen wir uns etwas. Aber wir kennen doch so viele liebe Menschen. Ob die auch etwas geschenkt bekommen?“ Christian versteht, was Julia bedrückt und gemeinsam schmieden sie einen Plan. Sie sind geschickte Bastler, auch malen können sie ganz hervorragend. Und etwas Taschengeld haben sie auch gespart. Also schreiben sie eine Liste, wen sie beschenken wollen: die Eltern, Oma und Opa natürlich, ihre liebe Lehrerin, ihre besten Freunde Sabine und Jan zum Beispiel. Oh, das ist viel Arbeit, aber Julia und Christian sind sehr geschickt und schaffen es rechtzeitig vor Weihnachten. „Die fertigen Pakete verstecken wir im Stroh in der Scheune, da findet sie niemand.“ Julia legt die kunstvoll verpackten Geschenke vorsichtig hinter die Strohballen. Die Tiere auf ihrem Bauernhof schauen ihnen zwar zu, aber sie verraten bestimmt nichts. Im Gegenteil: Sie sind stolz auf die Kinder, denn Liebe und die Menschlichkeit sind das Größte!

Leise rieselt der Schnee

In den Herzen ist´s warm,
still schweigt Kummer und Harm,
Sorge des Lebens verhallt,
freue dich, s´Christkind kommt bald!

Bald ist heilige Nacht,
Chor der Engel erwacht,
hört nur, wie lieblich es schallt:
freue dich, s´Christkind kommt bald!

Ein Ausreißer im Schnee

Alle in der Familie sind mit Vorbereitungen für Weihnachten beschäftigt. Mutti bäckt in der Küche und es gelingen ihr die besten Kekse, Marion und Conny proben für ein Krippenspiel. Niemand bemerkt, dass sich ihr Hund Senta heimlich davon geschlichen hat. Es wird schon langsam dunkel, als Mutti den Kindern aufträgt, Senta in die Hundehütte zu bringen. Doch alles Rufen ist umsonst. Da machen sich Marion und Conny auf den Weg, um den kleinen Ausreißer zu suchen. Sie setzen sich auf den Rücken ihres Pferdes Arno und lassen sich über die verschneiten Wege tragen. So ein Ausritt in der klaren Winterluft ist einfach toll. Schnee fällt vom Himmel, aber zum Glück können sie Sentas Spuren gut verfolgen. Aber noch einige andere Tiere genießen die schöne Dämmerung. Die Mädchen sind schon eine Weile unterwegs, als sie plötzlich aufgeregtes Hundegebell vernehmen. Sie treiben Arno an, in die Richtung zu traben, aus der sie Senta bellen hören. Und da sehen sie Senta auch schon. Endlich haben sie den Ausreißer gefunden. Der witzige Hund hopst um einen Tannenbaum herum und führt die tollsten Sprünge vor. Fast sieht es so aus, als ob er sagen möchte, dass er den schönsten Tannenbaum für dieses Weihnachtsfest entdeckt hat.

Drei Augen - Kekse

Zutaten:

600 g Mehl
200 g Zucker
4 Dotter
400 g Butter
2 Pk. Vanillezucker

Alle Zutaten zu einem glatten Teig rühren.
Kalt stellen und eine ½ Stunde rasten lassen.
Danach Teig ca. 5mm dick ausrollen.
Aus der Hälfte des Teiges runde Kekse,
aus dem Rest Kekse mit drei Augen
ausstechen.
Auf befettetes Backblech legen und
bei 180° ca. 12 Min. backen.
Ungelochte Kekse mit Marmelade
bestreichen, mit gelochten
zusammensetzen und mit Zucker bestreuen.

Fertig sind deine Drei Augen-Kekse!

Der Traum vom Himmelsboten

War das ein anstrengender Wintertag! Tina und Max sind nach dem Mittagessen gleich in den verschneiten Garten geflitzt. Auf dem Schlitten sind sie lachend über den kleinen Berghang hinter ihrem Elternhaus gesaust. Sie haben einen Schneemann gebaut, natürlich mit allem was dazu gehört. Müde sind sie abends in ihre Betten geplumpst und blitzschnell eingeschlafen. Plötzlich bewegt sich draußen etwas am Fenster. Ach ja richtig, Weihnachten ist ja schon bald, und da kommen die kleinen Engel, um die bunten Wunschbriefe einzusammeln. Auch vor ihrem Fenster fliegt so ein kleiner Himmelsbote vorbei. Seine Tasche ist schon prall gefüllt, aber seltsam, warum weint er denn? Er schüttelt seinen goldblonden Lockenkopf. „Nein, so etwas! Das gibt es doch nicht! Ich habe doch tatsächlich die Briefe vertauscht! Jetzt weiß ich nicht mehr, von welchem Haus welcher Brief ist!“ Dicke Tränen kullern über seinGesicht. „Oh, was mach ich denn jetzt nur?“ Traurig setzt er sich in den Schnee, aber im Himmel werden sie ihm schon helfen. Mit einem Ruck wird Max wach. „Tina, unsere Wunschbriefe, sind vertauscht!“ Er saust ans Fenster – nein, ihre Wunschbriefe liegen noch da! Zum Glück hat er das alles nur geträumt! Aber da sind doch kleine Fußabdrücke im Schnee?

Jingle Bells

Text: R. Schöler

Buntes Weihnachtstreiben

Susanne und Luca wohnen mit ihren Eltern auf einem Bauernhof, zu dem auch ein kleiner Reiterhof gehört. Jeden Tag kommen einige Kinder zu ihnen auf den Hof, um reiten zu lernen. Ein paar Tage vor Weihnachten möchten nun die beiden Kinder ein Fest organisieren, zu dem sie die Gastkinder einladen möchten. Sie wollen alle gemeinsam bald einen weihnachtlichen Nachmittag veranstalten, mit Liedern, Geschichten und natürlich Keksen und Punsch. Zu den Vorbereitungen gehört es auch, die Stallungen weihnachtlich zu schmücken. Susanne und Luca haben wunderschöne Girlanden gebastelt. Der ganze Reiterhof wird festlich ausgestattet. Susanne hat die tolle Idee, einige Zapfen bunt zu bemalen. Also holt sie sich ein paar Farbtöpfe und beginnt in der Scheune mit ihrem Werk. Es klappt auch ganz prima. Toll sehen die bunten Prachtexemplare aus, als Susanne sie in den Tannenzweigen befestigt. Plötzlich hören sie ein Quieken und ein leises Mäh. Susanne und Luca drehen sich um und wissen nicht, ob sie lachen oder schimpfen sollen: Aus dem Stall sind ein Schwein und ein Schaf entwischt und nun machen sie sich über die Farben her! Auch ihr Hofhund mischt kräftig mit. Ein blaues Schwein oder ein rotes Schaf? Warum eigentlich nicht!

Vanillekipferl

Zutaten:
250 g glattes Mehl
200 g Butter
100 g geriebene Mandeln
80 g Zucker + Vanillezucker

Alle Zutaten gut verrühren und zu einem Teig kneten. Anschließend Teig 10 Min. rasten lassen - dann kleine Kipferl formen und bei ca. 200 °, 5-7 Min. backen - nicht zu braun werden lassen.
Aus dem Backrohr nehmen und sofort in der bereitgestellten Zuckermischung aus Staubzucker (Puderzucker) und Vanillezucker wälzen.

Fertig sind deine Vanillekipferl!

Der vergessene Schlitten

Fips, der Teddybär und sein Freund Ricky, der schwarz-weiße Mischlingshund sitzen traurig in der Ecke. Keines der Kinder im Haus spielt mit ihnen. Fips brummt ärgerlich vor sich hin. Ricky knabbert ohne rechte Freude an einem alten Knochen herum. Fips seufzt. „Weihnachten ist ja schön und gut, aber dass alle zu beschäftigt sind, um mit mir zu knuddeln, ist ganz, ganz gemein.“ Ricky kann ihm nur Recht geben. „Und mit mir geht keiner Gassi, niemand geht mit mir im Schnee spazieren, obwohl auch mir frische Luft gut tun würde. Weißt du was, Fips? Wir zwei gehen jetzt alleine auf Entdeckungsreise. Im Wald ist es sicher schön.“ Also machen sich die zwei auf den Weg. Ricky nimmt Fips auf den Rücken und schon stapfen sie zum nahen Wald. Dort geht es aber lustig zu! Aufgeregt hoppeln ein paar Hasen und noch einige andere Waldtiere im Schnee umher. Etwas Buntes leuchtet aus dem Schnee. „Was ist denn hier los?“ fragt Fips verwundert. Die Tiere erklären ihm, dass mitten im Wald ein geheimnisvoller fremder Schneemann gebaut wurde. Und außerdem steht daneben ein Schlitten – dicht beladen mit bunten Paketen. Wer wohl all die Herrlichkeiten vergessen haben könnte? Aber auch Tierkinder freuen sich über schöne Geschenke!

Adventskalender

Du benötigst:
weißen Karton 40x30 cm
Styroporplatte 40x30 cm
Kleber, Stoffreste,
Nadel und Zwirn
Wolle, Schere, Filzstifte
24 kleine Überraschungen
(zum Füllen der Säckchen)
24 Bänder ca. 40 cm
24 Befestigungsstifte

1. Klebe den weißen Karton 40x30 cm mit einem Kleber auf die gleich große Styroporplatte auf.
2. Schreibe mit den bunten Filzstiften die Zahlen 1 bis 24 groß in 4 Reihen auf den weißen Karton.
3. Jetzt schneidest du aus den Stoffresten 24 gleich große Rechtecke aus.
4. Falte die Stoffecken in der Mitte und nähe sie an den Längsseiten sorgfältig zusammen.
5. Fülle die fertigen Säckchen mit den vorbereiteten, kleinen Überraschungen an und binde sie mit den Bändchen (ca. 40 cm lang) gut zu.
6. Nun befestigst du, der Reihe nach, jedes gefüllte Säckchen mit den Befestigungsstiften auf einer der 24 Zahlen.

Fertig ist dein eigener Adventskalender!

Himmlische Helfer

Das ganze Jahr über herrscht beschaulicher Friede unter den kleinen Engeln. Nichts und niemand kann sie aus der Ruhe bringen. Bis, ja, bis die Weihnachtszeit naht. Dann ist es vorbei mit der Ruhe! Denn da geht es in den Himmelswerkstätten richtig turbulent zu. In der Backstube wird der Teig für die vielen köstlichen Kekse angerührt und viele Engel sind damit beschäftigt, die schönsten Formen auszustechen und die süßesten Köstlichkeiten herzustellen. Die Postengel bringen die Wunschzettel der Kinder. Dann wird schnell ein perfekter Arbeitsplan zusammengestellt. In der einen Werkstatt basteln die Engel Holzspielzeug, in der anderen werden Puppen oder Teddybären für die Kinder fertiggemacht. In einer eigenen Abteilung stehen viele, viele Engel bereit, um die Geschenke für die Kinder schön einzupacken und mit bunten Namensschildern zu versehen. Es darf ja nichts verwechselt werden! Einige der himmlischen Helfer packen dann die Schlitten, damit die Engel und ihre Boten rechtzeitig auf der Erde sind, um den Menschenkindern eine schöne Bescherung bereiten zu können. Nach Weihnachten kehrt wieder himmlische Ruhe ein. Die Engel schöpfen Kraft für das nächste Weihnachtsfest – denn was wäre Weihnachten ohne seine Helfer?

Weihnachtsstollen

Zutaten:

500 g glattes Mehl
170 g Butter
2 Dotter
50 g Kristallzucker
1 Pk. Vanillezucker
Schale einer ½ Zitrone
Prise Salz
0,15 l Milch

1 Pk. Hefe
100 g Rosinen
70 g Aranzini
70 g Zitronat
40 g Mandeln

Germ mit lauwarmer Milch etwas Zucker und etwas Mehl zu einem dicken Brei (Dampfl) rühren. Bis zur doppelten Menge aufgehen lassen. Mehl, zerlassene Butter, Dotter, Zucker, Vanillezucker, Zitronenschale, Salz und das Dampfl zusammen in eine Schüssel, zu einem glatten festen Teig kneten. An einem warmen Ort aufgehen lassen, danach die klein gehackten Früchte dazumischen, und nochmals gehen lassen. Nach ca. 30 Min. zu einem Stollen formen. Im vorgeheizten Rohr bei 150°, ca. 60 Min. backen.
Fertig ist dein Weihnachtsstollen!

Ein Engel auf vier Pfoten

Bald ist Weihnachten! Balduin, der gutmütigste aller Hunde, reibt sich erwartungsvoll die Pfoten. Er marschiert zum Briefkasten, vielleicht hat er ja schon Weihnachtspost bekommen. Tatsächlich, ein himmelblauer Umschlag mit Goldschrift befindet sich unter Zeitungen und Prospekten. Neugierig öffnet Balduin den Brief und fällt vor Überraschung doch tatsächlich auf seinen pelzigen Hinterteil. Der Weihnachtsmann hat Balduin geschrieben! In dem Brief bittet er ihn, er möge sich doch darum kümmern, dass im Wald seines Heimatdorfes alle Tierkinder ihre Weihnachtspakete pünktlich bekommen. Er selbst hat so viel zu tun, da braucht er einen verlässlichen Helfer. Auf einem Schlitten stehen rechtzeitig die Geschenke bereit, Balduin braucht sie nur auszuliefern. Balduin ist sprachlos. „…viele liebe Grüße und herzlichen Dank für deine Hilfe! Der Weihnachtsmann!“, steht am Ende des Briefes, den Balduin vor Aufregung zitternd in den Pfoten hält. So eine Ehre! Und er enttäuscht den Weihnachtsmann bestimmt nicht! Als der Heilige Abend kommt, steht tatsächlich ein voll bepackter Schlitten vor Balduins Haus, mit einer Liste, wer welches Paket bekommen soll. Stolz saust er durch den Winterwald – das macht fast mehr Freude, als selbst beschenkt zu werden!

O Tannenbaum

O Tannenbaum, o Tannenbaum, du kannst mir sehr gefallen.
Wie oft hat nicht zur Weihnachtszeit ein Baum von dir mich hoch erfreut!
O Tannenbaum, o Tannenbaum, du kannst mir sehr gefallen!

O Tannenbaum, o Tannenbaum, dein Kleid will mich was lehren:
die Hoffnung und Beständigkeit gibt Kraft und Tost zu jeder Zeit.
O Tannenbaum, o Tannenbaum, dein Kleid will mich was lehren.

Eine besondere Aufgabe

Im weihnachtlichen Winterwald geht es lustig zu. Die Tierkinder tollen im frisch gefallenen Schnee umher. Sie spielen fangen und verstecken und buddeln im Schnee. Mit von der Partie sind einige Hasenkinder, der Mäusenachwuchs, das braune Eichhörnchen und sogar die Jungen aus der Fuchs- und Dachsfamilie. Nanu, der Eule, die auf einem verschneiten Ast hoch oben in den Bäumen sitzt, fällt plötzlich auf, dass Oskar fehlt. Er gehört doch auch zu dieser witzigen Rasselbande. Oskar ist ein junger Rehbock, der mit seiner Familie den Winter im Wald verbringt. Er ist das älteste der Tierkinder und hat daher auch immer die aufregendsten Ideen. Doch heute fehlt er. Er wird doch nicht etwa krank sein? Das fehlte ja gerade noch, ein paar Tage vor Weihnachten. Während die Eule noch überlegt, hört man plötzlich helles Glockenläuten. Das Läuten wird immer lauter, gespannt blicken alle in die Richtung, aus der das Geräusch kommt. Da erscheint auf einmal ein prächtiger roter Weihnachtsschlitten auf der Waldlichtung! Und wer ist wohl davor eingespannt? Oskar natürlich! Da staunen seine Freunde jetzt aber, als Oskar ihnen erzählt, dass er Weihnachtspakete ausfahren darf. Die Tierkinder sind wirklich mächtig stolz auf ihren berühmten Spielgefährten.

Strohsterne

Du benötigst:

getrocknete Strohhalme
Wolle
Bügeleisen
Schere

1. Lege die Strohhalme ca. 10 min in lauwarmes Wasser, damit sie schön geschmeidig werden,um später besser mit ihnen basteln zu können.

2. Nachher nimmst du die Halme aus dem Wasser und tupfst sie vorsichtig mit einem Taschentuch ab, ohne sie dabei zu zerbrechen.

3. Jetzt bittest du einen Erwachsenen, dir zu helfen. Gemeinsam nehmt ihr das vorgewärmte Bügeleisen zur Hand und bügelt die Strohhalme sorgfältig flach.

4.Du musst dir jetzt überlegen, wie groß deine Strohsterne für euren Christbaum werden sollen. Dementsprechend schneidest du die Länge der Halme jetzt zu.

5.Nun schneidest du am Ende der Strohhalme noch schöne Spitzen ein (siehe Skizze), um die Optik des Sternes noch zu verschönern.

6. Dann nimmst du dir die Wolle zur Hand und wickelst sie so über die Halme, dass ein richtiger Stern entsteht. Die Muster der Sterne kannst du, wenn du willst, den Skizzen entnehmen.

7.Wenn du besonders kreativ bist, kannst du dir auch eigene Sternformen überlegen.

8.Ich bin mir sicher, deine ganze Familie wird sich über deine Sterne am Weihnachtsbaum freuen!

Fertig sind deine Strohsterne!

Ein Weihnachtsbaum für alle

Endlich ist der Heilige Abend da! Isabel und Alexander haben sich schon so darauf gefreut. Sie waren die ganze Vorweihnachtszeit besonders brav und hoffen nun, dass einige ihrer Wünsche doch erfüllt werden. Auch ihr Hund Tim hat sich wirklich anständig benommen. Er hat nicht im Garten herumgewühlt. Er hat keine neuen Schuhe zerbissen. Er ist nicht mit seinen schmutzigen Pfoten ins Haus gestürmt. Er könnte eine lange Liste machen von all dem, was er wirklich nicht angestellt hat. Und nun, die Bescherung findet gleich statt, sitzt auch er erwartungsvoll vor der Wohnzimmertür, denn auch Hundeherzen haben Sehnsüchte. Als das Glöckchen klingelt, öffnen die Kinder mit glänzenden Augen die Tür und bestaunen den Weihnachtsbaum. Prächtig strahlend steht er da, umgeben von einer Vielzahl von Geschenken. Isabel und Alexander jubeln: ein neues Fahrrad für Alexander und da ist auch ein neues Paar Ski für Isabel! Selbst das Schaukelpferd, das sich beide sehnsüchtig gewünscht haben, befindet sich unter den Geschenken. Und auch Tim, der Hund strahlt: er hat die leckeren Kekse entdeckt, die an den Weihnachtsbaum gehängt sind. Natürlich darf er sich einen stibitzen - wozu war er denn sonst so artig?

Stille Nacht

Stille Nacht, heilige Nacht! Hirten erst kundgemacht,
durch die Engel Halleluja
tönt es laut von Fern und Nah:
Christ, der Retter, ist da, Christ, der Retter, ist da!

☆ ★ ☆

Stille Nacht, heilige Nacht! Gottes Sohn, o wie lacht.
Lieb´aus deinem göttlichen Mund,
da uns schlägt die rettende Stund,
Christ, in deiner Geburt, Christ, in deiner Geburt!